DE LA MÊME AUTRICE

Aux Éditions Gallimard

DEBOUT SUR LE CIEL, récit, 2018.

Aux Éditions Gallimard Jeunesse

LE JOURNAL D'ADÈLE, « Folio Junior », 1995.

À LA VIE À LA MORT, « Pôle Fiction », 1999 ; « Folio Junior », 2003.

CHANTE, LUNA, « Scripto », 2004.

MON AMIE SOPHIE SCHOLL, « Scripto », 2009 ; Gallimard, « Folio+ Collège », 2019.

DANS PARIS OCCUPÉ, « Mon histoire », 2012.

AU TEMPS DES MARTYRS CHRÉTIENS, « Mon histoire », 2014.

JE VOUS ÉCRIRAI, « Scripto », 2017.

68 ANNÉE ZÉRO, « Scripto », 2018.

J'AI RENCONTRÉ L'ENFANT SAUVAGE, « Mon histoire », 2022.

Chez d'autres éditeurs

EMPORTÉE, Actes Sud, 2011 ; Des femmes - Antoinette Fouque, 2020.

Pour Jocelyn,

L'ANNONCE

Avec toute mon amitié,
(et tant de souvenirs !)

[illegible]

13-4-22

PAULE DU BOUCHET

L'ANNONCE

récit

GALLIMARD

I

En 1998, j'ai reçu un coup de téléphone. J'étais à la campagne, debout près de la cheminée sans feu, c'était l'été. Je ne sais plus qui était au bout du fil, sans doute quelqu'un de proche, puisque à un moment de notre conversation, j'ai entendu « au fait, tu as su que Miette est morte ? ». Dans l'instant, l'énormité de la nouvelle a été gommée par la banalité de ce mode téléphonique, ce « au fait », en même temps qu'était gommée l'identité de la personne qui me l'apprenait.

Je n'avais pas su, et cela faisait plusieurs années que je ne l'avais pas vue. Mais Miette avait été ma plus chère amie d'enfance et d'adolescence et, après que j'ai raccroché, cette nouvelle, trop tardive pour en être une, m'a anéantie.

Ce qui me bouleversait alors, je l'ai compris

après, refaisant le trajet de notre amitié si particulière, c'est que selon les modalités singulières de cette amitié, c'était à elle, Miette, de m'apprendre sa mort.

Miette avait toujours été celle par qui arrivaient les nouvelles.

II

Miette. Ce surnom à la consonance absurde avait pris l'entière place de son prénom d'origine et dans son entourage personne ne l'appelait autrement. Au point que plus tard, lorsqu'il m'arriva d'éprouver une pointe de jalousie en apprenant qu'elle s'était fait une amie en classe où elle n'existait que sous son prénom de naissance, il me semblait détenir quand même la prérogative suprême : celle de l'appeler Miette.

Miette, c'était son nom. Jamais entendu comme un nom commun, comme le mot désignant la fraction microscopique du pain sec ou celui évoquant l'idée du peu qu'il reste. C'était un mot entier et puissant qui ne désignait qu'elle. Elle était Miette. Et nous qui avions le privilège de l'aimer avions aussi celui de connaître son vrai nom.

*

Nos mères avaient été amies d'adolescence aux États-Unis, nos familles se connaissaient de longue date, issues de milieux communs et des mêmes chassés-croisés migratoires entre l'Europe et l'Amérique dans la première moitié du XXe siècle.

Pendant la guerre, écrivains, peintres, réfugiés politiques ou Juifs fuyant le nazisme, des membres de sa famille et de la mienne s'étaient retrouvés dans le même bouillonnant creuset new-yorkais, avant de regagner la France et la terre ferme à la fin des années quarante.

Serions-nous devenues amies sang pour sang comme nous le devînmes si nous nous étions rencontrées à l'école ? Je n'en suis pas sûre. Même si quelque chose d'une parenté dans une perception *tragique* du monde des adultes nous lia très tôt. Précisément, cette parenté m'aurait sans doute inquiétée, et sans doute la petite fille que j'étais se serait-elle plutôt tournée vers des camarades bien campées sur leurs jambes, venant de familles plus convenues et plus rassurantes que les nôtres. Pourtant, il y avait dans l'aspect physique de Miette quelque chose de clair et de sain. Elle avait un corps solide, des joues pleines et hautes, une carnation fraîche et rose, de magnifiques yeux verts qu'elle plantait droit dans les vôtres. Cette solidité qui émanait d'elle, associée à nos fragilités communes, que nous identifiâmes d'emblée – celle, essentiellement, d'avoir des couples parentaux chaotiques naviguant en dehors des conventions sociales –, fut le ciment qui me lia à elle à une époque où mon socle de quiétude enfantine tanguait dangereusement. Très vite, nous fûmes inséparables. Partageant l'une avec l'autre un je-ne-sais-quoi entre le dramatique et l'hilarant qui resta jusqu'au bout la marque de notre relation et notre signe de reconnaissance mutuelle.

*

Sur une photo des années cinquante, nous sommes assis sur un banc. Miette, son frère et moi. Elle est entre nous, G. doit avoir quatre ans, moi trois, elle deux et demi. G. et moi semblons deux patapoufs ahuris, bizarrement nous nous grattons tous les deux la tête en regardant nos chaussures. Nous sommes assis en bout de banc, on nous a poussés là pour la photo, nous faisons une moue de gamins maussades. Miette est radieuse. Dans une salopette trop grande, elle ressemble à un poussin ébouriffé. Minuscule, rayonnante, elle regarde le photographe en rigolant. De cette époque, je n'ai pas de souvenir. Nos parents respectifs étaient encore ensemble, mon frère et sa sœur étaient encore à naître. Seulement cette impression d'incroyable gaieté qui se dégage d'elle sur la photo.

On nous a « mises ensemble » à cinq ans. Cet épisode, en revanche, je m'en souviens bien. Dans sa violence et l'extrémisme des sentiments dont il témoigne, il marque toute l'histoire de notre amitié. Cet instant de la rencontre ressemble à une séquence de cinéma. Petit jardin de ma grand-mère, à Ch. D'un côté, B., la mère de Miette, de l'autre, ma mère. On nous pousse l'une vers l'autre. Nos mères se réjouissent d'avance de la sororité perpétuée. On nous lâche, comme des coqs sur un ring. Nous nous précipitons l'une sur l'autre. Et nous battons comme des chiffonnières. On veut se tuer. On s'arrache des poignées de cheveux, je la mords jusqu'au sang, elle déchire la bretelle de ma salopette. On est agrippées l'une à l'autre, assourdies de cris et de haine. Les mères, stupéfaites et désemparées, ont un mal fou à nous séparer.

La séquence d'après s'est effacée. J'ignore s'il y a eu semblant de réconciliation, scène d'excuses et de repentir. Sûrement, consternation des adultes. Épuisement de petites filles balayées cul par-dessus tête par le même typhon. Ce qui surnage, c'est cette haine, immédiate, totale, instinctive, et d'en avoir été submergées ensemble au même instant.

*

Nous ne nous quittons plus. Dans l'enfance, il y a Miette. Les trois enfants vivent avec leur mère dans un appartement exigu, sous les combles d'un immeuble du Quartier latin, à Paris. Des conditions de vie difficiles, le père s'est remarié et vit à l'étranger, la mère peine à boucler les fins de mois, enchaîne les travaux intermittents, mal payés, et les aventures amoureuses, et subit la dure réalité des avortements clandestins, à une époque où « contraception » et « avortement » sont des mots obscènes. Je les ai l'un et l'autre appris de Miette, lorsque nous avions neuf ou dix ans. Objectivement, c'est une vie dure et chaotique. Mais je n'ai pas envie d'écrire « la cause et les effets ». L'objectivité à laquelle on peut se résoudre. Ce qui transparaît aujourd'hui, ce que je perçois obscurément déjà chez mon amie, dès notre petite enfance, c'est son mystère. Une part cachée qui me fascine parce qu'elle résonne en moi en un lieu inaccessible et très sensible à la fois, et m'inquiète parce que je ne comprends pas de quoi elle est faite et que cette résonance me prend de court.

Nous sommes très proches et très différentes. Nos différences tiennent à ce que chacune *est*, bien sûr, mais aussi à ce que chacune *a*. Matériellement, *j'ai* ce que Miette n'a pas : une maison, et même plusieurs. Une famille constituée, oncles, tantes, cousins, grand-mères. Des lieux suffisamment spacieux pour que cette famille fasse nombre, lors de week-ends, de vacances ou d'anniversaires. Miette, précisément, *n'a* rien. Elle n'a en propre que des secrets. Notamment celui-ci, qu'elle me confie un jour, vers l'âge de sept ans : « La mort, moi je sais. Il faut la tuer. »

III

Au moment de l'annonce, la vie de Miette était séparée de la mienne depuis des années, noyée dans la mangrove de nos vies d'adultes. Pourtant, tout à coup, malgré l'absence et le silence réapparaissait une ligne claire, quelque chose qu'une effrayante logique m'enjoignait de localiser.

La nouvelle de la mort de Miette a été le signal d'un départ me ramenant à ce tout premier moment entre nous, l'épisode de la colère, lorsque nous avions cinq ans, comme s'il était désormais possible de reparcourir côte à côte le chemin chaotique de notre amitié.

Avec cette annonce différée, un certain contretemps de l'amitié ancienne se refaisait jour. C'était comme si l'événement central de cette mort était le *décalage*. Décalage à cause des années de silence, décalage de l'annonce tardive par rapport à la date même de sa mort, décalage que le ton impersonnel. Ce « au fait, tu as su » désinvolte qui reléguait l'événement au rang des faits divers. Décalage entre ce que je n'avais pas vu à l'époque et ce que, peut-être, j'aurais dû voir. Et parce que, non, je n'avais rien « su », j'apprenais tout à l'instant, par cet échange téléphonique, au détour d'autres phrases, d'autres propos, ce décalage ultime était un coup sourd et mat qui sonnait comme un appel. Et qui donnait une singulière résonance à l'affirmation de la petite fille de sept ans : « La mort, moi je sais. Il faut la tuer. »

La réalité a besoin de l'écrit et du différé. Celle de Miette s'éclaire du scintillement lointain et diffracté de nos enfances partagées.

*

Rue St., la vie était étroite, et quand les choses devenaient trop « difficiles », les enfants étaient envoyés ailleurs. Miette, elle, venait chez nous. « Difficile », c'était le mot qu'employait ma mère. Parfois elle disait « compliqué », lorsque je lui demandais pourquoi, en pleine semaine, mon amie arrivait avec son cartable et son petit bagage. Et je comprenais qu'il y avait quelque chose que je ne pouvais pas comprendre. Alors, les choses s'inversaient : elle *avait* plus que moi. Elle avait quelque chose qu'elle garderait pour elle et ne me confierait pas. Je ne lui posais pas de questions, l'entente là-dessus était tacite, notre gaieté de nous retrouver s'appuyait aussi sur ce silence. Respecter son secret, c'était d'une manière le partager.

Ces séjours étaient des temps de joie, volés à la routine, mais je me demandais toujours si sa mère ne lui manquait pas. Où était-elle, en quel lieu, où elle ne pouvait emmener sa fille ? Je m'étonnais de l'apparente indifférence de mon amie. Ces allers et retours entre chez nous et chez elle auxquels elle paraissait se prêter sereinement, il me semblait, moi, que j'aurais sombré s'il m'avait fallu en subir ne serait-ce qu'un seul. Ma propre mère s'absentait également, volant vers son amour, et ces absences me précipitaient dans le chaos. Miette, elle, semblait ne pas s'émouvoir des disparitions de sa mère. Nous étions simplement heureuses d'être ensemble, le soir, lit contre lit, et de ces occasions de bavarder interminablement à mi-voix, sur un ton de haute confidence.

*

Sa mère, elle n'en parlait pas. Ou si peu. Elle disait « ma mère », alors que je parlais de « maman » pour la mienne. Elle l'aimait pourtant, nul doute à cela. Mais justement, il y avait un *pourtant* dont nous pressentions l'existence, comme une grosseur que l'on a dans le corps, en apparence on ne s'en préoccupe pas, mais elle inquiète. Cette raison qui était à la source de nos retrouvailles, nous devinions sans en parler qu'elle était aussi d'un désespoir de femme – cette mère – ayant à voir avec les hommes qui partageaient sa vie. Ils portaient des prénoms ou des noms étranges, étrangers, des noms d'artistes, et Miette les nommait par leurs noms de famille. Parfois l'un d'eux pouvait durer. Pour autant, celui-là me paraissait toujours de passage. Dans mon esprit d'enfant, c'était ceci qui demeurait : il y avait chez les hommes quelque chose du *passage*, quelque chose d'intrinsèquement inquiétant, de volatil. Et ce côté « de passage » déteignait, étrangement, sur mon amie : Miette était, elle aussi, une fille du vent.

L'homme de la mère de Miette était générique. De l'un à l'autre, il semblait toujours le même : grand, maigre, hâve, un peu dégarni. Artiste. Une ombre portée que je ne voyais que par instants dérobés, s'il m'arrivait d'aller là-bas. Mais sa présence seule suffisait à m'insécuriser et, je le pensais alors, à fragiliser l'existence de mon amie. Au demeurant, j'y allais peu, *là-bas*. Je n'y étais pas bienvenue, c'était cela que je ressentais, et aussi que ce n'était *pas ma place*. Ce n'était pas la place de l'amitié joyeuse que nous éprouvions l'une pour l'autre. Là-bas, quelque chose était flou et troublé. Je n'ai pas souvenir d'un lieu maternel, chez Miette. C'était comme si elle vivait seule. Un lieu sans mère, confus.

Mais ce que je percevais également, c'est qu'elle non plus, mon amie, n'était pas à sa place. Comme si elle était *en trop* de quelque chose. Chez elle, d'ailleurs, Miette n'était pas comme chez moi. Une part différente d'elle se révélait qui me faisait un peu peur. Elle était comme un gant retourné.

Et il y avait cette sensation troublante : *chez*

nous, Miette se reposait de *chez elle*. Étonnamment, je ne me souciais pas alors de savoir si ses frère et sœur étaient, eux aussi, atteints de ce mal obscur, informulé, lié, me semblait-il, à leur propre famille. L'aîné était peu là, séjournant souvent chez son père, la cadette était trop petite. Pourtant, il y avait comme un *cercle de feu*. Et Miette, elle, était dans cet embrasement.

IV

Comment parler de ce qu'on ne sait pas ? Comment dire que l'on ne sait pas et parler quand même ? Suffit-il de mettre bout à bout des souvenirs, les souvenirs étant alors *ce que l'on sait* ? Mais les souvenirs eux-mêmes sont une construction.

La vérité, c'est que dans ma vie avec Miette, il y a très peu de temps véritablement commun susceptible de nourrir la fiction du souvenir. Et pourtant, la courbe de la familiarité absolue, de l'aube à minuit, dessine une parallèle parfaite dans nos trajectoires à toutes deux. Elle creuse le besoin de parler de ce que je ne sais pas. Ces trous noirs entre ce que je prétends savoir. Et cette sensation que je dois leur donner vie. Nommer le noir.

*

Nous passions des heures à nous raconter mutuellement de *vraies* histoires, lues ou entendues, pour peu qu'elles servent cette part indicible de notre relation dans laquelle la frontière entre réalité et invention s'effaçait. Et je devinais, avec l'intuition puissante de l'enfance, que Miette tentait, dans des affabulations débridées, de construire son propre récit de vie. Dans ce récit-là, dans ce qui surtout m'en échappait, j'aurais fait l'impossible pour la suivre. Mais je n'y parvenais pas. Avec Miette, il y avait toujours un moment où, comme dans une transe, on ne savait plus où l'on était, dans un livre ou dans la vie réelle.

Les Mille et Une Nuits. Une nuit chez elle, rue St. Nous avons fait une cabane avec le drap et nous lisons à la lampe de poche, à plat ventre sur le matelas posé à même le sol. Sans doute personne ne serait-il venu nous gronder ou nous dire d'éteindre, mais la lampe de poche donne l'impression d'être dans l'alcôve de Shéhérazade. Nous avons huit ou neuf ans. Menton dans les mains, Miette me fait la lecture des nuits de Shéhérazade et du sultan Shahriar, et les pages parlent de quelque chose de bouleversant. Il me semble que cette chose est frappée de danger, que nous ne devrions pas aller là. Elle me regarde, je m'applique à rester impassible. J'éprouve une vague honte à me sentir émue à la lecture de certains passages. Je lui en veux, comme si elle me forçait à partager avec elle quelque chose que je ne devrais pas connaître. Beaucoup de mots m'échappent et quand je lui demande leur signification, soit elle pouffe, soit elle me lance : « T'as qu'à te renseigner, ma vieille ! »

*

Je ne peux pas dire que Miette était l'ombre et moi la lumière, je ne peux pas dire qu'elle était mon double et que nous nous complétions. Je ne sais, au vrai, ce que j'étais pour elle. Aujourd'hui, avec la distance, je pense que j'ai été un amer dans une tempête qu'elle tentait de maîtriser et aussi de cacher. Ce qu'elle était pour moi ? La surface apparemment paisible d'un puits profond dans lequel je croyais reconnaître mes propres tourments. Je pensais distinguer chez elle l'innocence rafraîchissante de qui a vaincu ses démons, elle croyait peut-être trouver chez moi la force tranquille que je n'avais jamais eue. Nous nous sommes amarrées l'une à l'autre sans imaginer que nous ne savions rien l'une de l'autre, hormis cette parenté diffuse dans une souffrance liée à nos parents. Ce malentendu mutuel avait forgé une relation d'une solidité absolue.

*

Ce que nous avions en partage réellement, je ne saurais dire. Mais, de manière certaine, une forme d'incapacité à restituer la linéarité du temps, qui nous obligeait, selon des modalités différentes, à inventer sans cesse. Cette linéarité qui semblait l'apanage de toutes mes autres camarades, capables de *raconter* leur journée, leur week-end ou leurs vacances, il nous était aussi impossible, à l'une comme à l'autre, de la concevoir que l'aurait été par exemple l'idée de courir tout en restant sur place.

Dès que j'ouvrais la bouche, c'était comme si la réalité se délitait. Mais là où je me taisais ou me contentais d'une piètre approximation, Miette, elle, racontait magnifiquement. Depuis toute petite, elle inventait sa vie avec une ferveur que je lui enviais. J'admirais sans réserve sa capacité à rendre compte par un récit oral de ce qu'elle n'avait pas vécu dans la réalité. Je vivais, moi, les choses du quotidien dans une sorte de douleur brumeuse que j'étais incapable de mettre en mots.

*

Les écrits qui évoquent la mort d'une personne aimée ont cela de commun, tous ou presque, que ce qui est évoqué alors, ce qui est traqué à force de mots, de ponctuations, de phrases, de suspens, c'est ce qui demeure du présent de cette mort. Ce qui, par-delà l'effacement, persiste du temps de la mort qui par essence n'existe pas. Puisque ce temps-là est encore du vivant. C'est traquer la nature et la couleur du halo qui l'entoure, l'annonce indicible qui la précède. Il y a dans cette tentative ultime d'écrire sur le mort et sur l'instant de sa mort un acte de communion qui rend possible d'avoir vécu ce moment et acceptable de lui survivre.

La mort de Miette échappe à cette forme de loi. Il n'y a pas de *présent* possible de cette mort. Et cela pas seulement parce qu'elle s'est jouée, dans son extrême violence, de manière différée par rapport à ce qui l'a indirectement provoquée. Non, c'est comme si Miette elle-même avait vécu dans un écart. Sa vie tout entière se joue dans un intervalle énigmatique, situé au plus profond d'elle-même. L'obscure sensation que j'avais enfant puis adolescente qu'elle était *différente* se lit en un lieu du retrait et de la solitude qui n'est pas celui de l'enfance. « On est là, où l'on ne peut être sans disparaître », dit Michaux. Miette était si intensément là qu'elle disparaissait.

Jusqu'au moment ultime de l'annonce.

V

Il y a dans le monde adulte un drame puissant, Miette et moi en sommes convaincues. Lequel nous guette, nous fascine et nous terrifie. Les invraisemblables histoires de mon amie ont pour fonction, je le sais, de nous y introduire *en douceur*. Elles sont nécessaires et véritables. Je leur prête une oreille attentive. Lit contre lit, le soir, Miette me raconte le monde.

— Tu dors ?

— Non…

— Tu connais l'histoire de cette femme qui a eu un monstre ?

— …

— Elle a accouché d'un bébé sans bras ni jambes.

Exclamation horrifiée de ma part.

— En vrai ?

— Ben évidemment !

— Et tu la connais ?

— Oui… Une amie de ma tante C. Sur le tronc du bébé, il y avait juste des moignons, deux pour les bras, deux pour les jambes, tu vois ? Des petites ailes à la place des bras, tu vois le tableau ?

« Des petites ailes », elle disait, forçant la description.

Devant mon silence, elle commente :

— Atroce ! En plus, il a fallu qu'elle l'allaite, le bébé était trop mal en point pour être nourri autrement, tu imagines, serrer dans tes bras ton enfant et cet enfant est un monstre… Et t'es obligée, t'as pas le choix, si tu le fais pas, il va mourir, et en plus tu seras responsable de sa mort. Et en attendant, t'es obligée de l'aimer !

Son imagination débordante trouve en moi un réceptacle idéal. Je ne doute pas une seconde de la véracité de son récit. Elle décrit longuement et avec force détails le petit corps atrophié, s'incluant dans ce drame que vivait « son » amie, totalement empathique, comme si elle-même, Miette, avait déjà vécu de l'intérieur l'expérience de l'enfant à venir, la douleur de l'enfantement puis l'horreur de l'enfant difforme qui sort de votre corps. Elle s'étend longuement sur l'héroïsme de la mère, lui conférant une dimension sacrificielle.

— En plus, tu vois, cette femme, c'est parce qu'elle a pris un médicament que son bébé est né comme ça. C'est un médicament que les médecins donnent aux femmes enceintes et maintenant on sait que ça fait des monstres, mais on continue à le donner. Et tu sais, le pire, ça on ne le sait pas encore, c'est qu'il y a plein de femmes qui préfèrent tuer leur enfant plutôt que le laisser vivre. Personne ne le dit. Mais bientôt, ça va se savoir. Et je te dis pas tous les suicides des mères après qu'elles ont tué leur gosse...

Elle conclut :

— Bientôt le gouvernement va avoir des milliers de morts sur la conscience. L'amie de ma tante, c'est une grande dame, elle a décidé de garder son enfant, de l'aimer et de faire connaître son histoire.

Miette connaît des choses dont je n'ai même pas idée.

Pourtant, la fougue et la compassion étaient mêlées dans son récit d'une sorte de complaisance et je me rappelle m'être dit que *quelque chose* n'allait pas. Mais quoi ? Mais où ? Chez elle ou chez moi ? Chez cette femme qu'elle *connaissait bien* ? Comme si Miette, avec ses histoires dramatiques, avait partie liée avec cette femme que j'avais immédiatement rangée non du côté clair de l'héroïsme que Miette cherchait à me faire valoir, mais d'un côté sombre et quelque peu malsain, pour noircir le monde. Je lui en voulais. Un instant après, je me fustigeais d'avoir pu mettre ses paroles en doute, c'était moi la handicapée, incapable de pénétrer, même en pensée, dans les sphères de l'impensable. Miette, elle, y circulait depuis toujours. Et son aptitude non seulement à échapper au monde ordinaire, mais à s'en construire un autre, parfaitement convaincant, me paraissait hautement enviable.

*

Les constructions imaginaires de Miette ne se distinguaient pas du monde qui nous entourait. Entre le domaine de ses inventions et celui de nos vies, il n'y avait pas de rupture. Par ses récits, elle restaurait une continuité défaillante.

À sept ans, j'étais obsédée par cette idée de *continuité* qui semblait me glisser entre les doigts, tout comme m'échappait un certain réel commun que simplement je ne comprenais pas. Cette année-là, nous avions reçu notre premier « cahier de classe ». Il sentait bon, les pages fleuraient le propre, la colle, le blanc. Le jour de la rentrée, la maîtresse nous l'a fait ouvrir à la première page et nous a demandé d'écrire notre prénom sur la page de gauche en sautant deux carreaux. J'étais troublée par l'idée de salir le cahier, mais j'ai écrit. Ensuite, il fallait recopier un petit texte au tableau. Arrivée au bas de la page, je suis restée la plume en l'air. Il n'y avait plus de place sur la page. J'ai regardé ma voisine qui continuait sur la page de droite. Cela m'a semblé absurde. Une insulte à la sainteté du cahier et à sa logique. On écrivait de gauche à droite et de haut en bas. Pas de bas en haut. Avec le sentiment de faire une énorme bêtise, j'ai continué à écrire mon texte sur la table. De haut en bas. Patiemment, j'ai trempé ma plume dans l'encrier et l'ai enfoncée dans le bois tendre de la table. Espérant secrètement que la maîtresse ne me verrait pas, cachant mon forfait du bras gauche. Avec la bonne conscience de la « désobéissance civile », mais en pleine perdition. Et puis j'ai entendu une voix perchée : « Mais qu'est-ce qu'elle fait, celle-là ? » *Celle-là*, c'était moi. La partie de moi qui écrivait à l'encre sur la table de bois avec la conscience impuissante que c'était ce qu'elle *devait* faire, dût-elle le payer très cher. J'ai fondu en larmes, tandis que le reste de la classe explosait de rire.

Sans doute cette nécessité du *haut en bas* avait-elle répondu au besoin d'une logique insaisissable pour les adultes. Rentrée à la maison, je n'ai pas su expliquer. Avoir été punie par la maîtresse, je m'y attendais. Mais expliquer à ma mère que je l'avais été pour avoir continué sur le bois les lignes commencées sur le papier, ce n'était pas possible. Ce que je désigne aujourd'hui comme « soif de continuité », cette formule vague reflétait sans doute une réalité que j'étais bien incapable de formuler.

Ce registre-là, Miette était la seule personne dans mon entourage à pouvoir le comprendre. Elle n'a pas éclaté de rire, ne s'est pas moquée de moi, ne m'a pas demandé pourquoi j'avais fait ça. Elle a courageusement pris mon parti et je n'en attendais pas moins d'elle. Pas plus que je ne demandais à Miette de ne pas *mentir* lorsque, je le savais, elle me racontait des histoires inventées en m'affirmant que c'était *la vérité*, il ne me serait venu à l'idée d'expliquer certains gestes absurdes. Celui-là, par exemple.

*

Quand elle n'était pas chez nous, Miette allait souvent passer le week-end chez une sœur de sa mère et son mari. D'un premier mariage de cette tante, il y avait deux enfants qu'elle aimait beaucoup, la fille de son âge en particulier, dont j'étais un peu jalouse. Ai-je parlé des liens compliqués et tortueux, inclassables, qui existaient dans cette famille ? La mère de Miette était fille d'une écrivaine féministe américaine célèbre, plusieurs fois mariée, de ce fait mère et belle-mère d'une nombreuse progéniture des deux côtés de l'Atlantique, artistes déjantés pour beaucoup d'entre eux, riches collectionneurs parfois, noceurs invétérés presque toujours. Un enchevêtrement familial mêlé jusqu'à l'endogamie dans ce microcosme artistique des années cinquante.

Un monde bambocheur, jouisseur, nocturne et désespéré, où se côtoyaient la drogue, l'alcool, le sexe et la mort.

À vrai dire, des personnages fantomatiques qui maillaient cette parentèle excentrique, Miette parlait peu. D'ailleurs, ils se fréquentaient peu et leurs relations tenaient plutôt à des communautés de comportements qu'à des liens de tendresse. Les seuls membres de sa famille avec lesquels elle semblait entretenir des liens d'affection étaient cette tante, son mari et leurs deux enfants. Miette me décrivait un appartement extraordinaire, un atelier au plafond cathédrale, avec une mezzanine, elle parlait de la liberté qu'elle, sa petite sœur et la fameuse cousine y avaient et évoquait avec une admiration non feinte sa tante T., « belle comme un astre », et un oncle non moins fascinant qui conduisait des voitures de sport et emmenait tout le monde manger des huîtres à Dieppe pour le petit déjeuner.

Un peu envieuse de ces instants de vie sortant de l'ordinaire dont elle laissait parfois échapper des bribes, j'avais demandé un jour à Miette de l'accompagner, mais elle avait refusé. J'en avais conclu que ce lieu-là, elle le gardait pour elle. Au fond, je comprenais. Et cette impression que somme toute existait pour elle autre chose que la rue St. était plutôt rassurante.

VI

Nous passions une grande partie des vacances et des fins de semaine dans la maison de ma grand-mère, non loin de Paris. Avec mes trois cousins, mon frère, Miette, son frère et sa sœur et deux garçons du village, nous formions une bande d'enfants, dûment organisée et hiérarchisée. Les plus âgés, quatre garçons parmi lesquels le chef de bande, puis nous, les deux filles aînées, suivies par les plus jeunes, le menu fretin, relégué aux basses œuvres et autres exploitations plus au moins esclavagistes de la part des plus grands.

Miette et moi avions une dizaine d'années et ne rêvions que d'une chose : être acceptées dans le groupe des aînés, dont J.-P., un jeune du village aux cheveux coupés en brosse qui possédait une mobylette et venait attendre les garçons après le dîner en faisant pétarader sa « mob » sous nos fenêtres. Nous faisions mine de sortir avec eux, ils nous repoussaient méchamment, s'éloignaient de la maison pour tenir des conciliabules sur la place du village, promettant à ma grand-mère d'être de retour à 21 heures. Nous attendions en espérant qu'ils ne seraient pas à l'heure, qu'on nous enverrait les chercher. Ce qui se produisait presque toujours. À 21 h 10, on filait, ils n'étaient pas sur la place, on les trouvait vers l'église, dans l'ombre d'un pilier, à fumer des cigarettes dont on voyait briller le bout incandescent. Je les appelais, ils ne répondaient pas, je n'osais pas approcher, Miette y allait hardiment, je la suivais en la tirant par la manche. La nuit était tombée. Elle pénétrait dans l'ombre, je restais dans le halo du lampadaire, mal à l'aise, protestant vaguement qu'il fallait rentrer. Elle ne se retournait même pas. J.-P. avait hissé la mobylette sur sa béquille qu'il stabilisait avec son pied et avait fait monter Miette. Il lui passait une cigarette, le bout rougeoyait un instant, elle tirait une taffe, toussait, en tirait une autre. Ils riaient. J'hésitais à faire demi-tour, osais un timide « Miette ! ». Elle n'était plus avec moi, elle était toute à eux, dans le noir où on ne les distinguait plus. Je faisais mine de m'éloigner, n'osant en réalité revenir sans elle, mourant d'envie d'être avec eux dans les ténèbres du pilier. Et puis l'ombre se disloquait, Miette s'en détachait, revenait dans un rond de lumière glauque, jouissant de sa hardiesse, vaguement condescendante à mon égard. Mon cousin F., le chef de bande, nous intimait « Jurez de rien dire ! », elle se retournait vivement, balançait ses tresses en arrière et crachait par terre en jurant « Si je mens, je vais en enfer ! ». J'aurais tout donné pour connaître cet enfer-là.

*

Miette a eu ses règles à onze ans. C'était un mois de septembre, fin des grandes vacances, nous étions à la campagne chez ma grand-mère. Un matin, au réveil, les draps étaient tachés. Elle a commenté : « Ça y est, maintenant je pourrais me retrouver avec un gosse sur les bras ! »

« Sur les bras », avait-elle dit d'un ton léger, et dans cette expression il y avait pourtant un poids. J'avais entendu parler des règles, mais pour le reste, j'étais parfaitement innocente et n'ai pas compris le rapport entre la tache et le « gosse sur les bras ». « Sur les bras », surtout. Ces bras nus et potelés, ces bras joyeux semés de taches de rousseur sur lesquels il pouvait maintenant y avoir « un gosse ». Je croyais la connaître et brusquement il y avait eu cette tache rouge, ce « gosse » venu de nulle part, se posant sur des « bras » comme un oiseau sur une branche d'arbre, ce sang et, encore, ce rire clair qui semblait tout balayer.

J'avais la preuve par le sang que Miette savait, qu'elle aurait pour toujours une longueur d'avance sur moi. Ma grand-mère lui a confectionné des protections hygiéniques avec du coton hydrophile grossièrement cousu dans de vieux torchons. Pendant une semaine, elle en glissait trois ou quatre chaque matin dans un paquet de biscottes vide qu'elle déposait sur le petit escalier menant à notre chambre. Les règles sont restées associées aux biscottes et au savoir secret de Miette.

*

Il y avait chez ma grand-mère un livre de reproductions de peintures de la Renaissance figurant pour la plupart des scènes religieuses. La photogravure de l'époque rendait mal les couleurs originales et les tableaux prenaient parfois des teintes étranges. Passées, lessivées, décolorées comme une lumière trop vive. Cet avatar de la technologie, nous l'attribuions aux personnages eux-mêmes, à la réalité de leur vie et de leur histoire. La noirceur olivâtre de ce sang, le grisé de ce visage, le décoloré de cette peau nous semblaient affecter Marie Madeleine, la Sainte Vierge, les apôtres et Jésus-Christ eux-mêmes. Nous aimions ce livre et y retournions sans cesse, y puisant d'interminables histoires qui rejoignaient notre panthéon mythologique où se trouvaient déjà Haroun Al-Rachid, Shéhérazade, Ali Shar et Aladin.

On pouvait voir notamment dans ce livre un Christ en croix à la peau vert-de-gris que nous regardions pendant des heures, à plat ventre sur le carrelage. Cette couleur comme en décomposition inspirait à Miette d'infinies variations mélodramatiques autour des effets physiologiques de la crucifixion. Un jour, elle lança : « Si ça se trouve, son sang a tourné tellement il souffre. C'est pour ça qu'il est vert. » Et de conclure : « Ça doit être horrible de mourir comme ça ! » Peu de temps après, quand Miette a eu ses règles, nous examinions les serviettes souillées le soir pour voir si chez elle aussi le sang « tournait ». « Tu vois pas que ça me fasse le même coup ? » profanait-elle. Nous pouffions. Mais nous avions le sentiment de toucher à quelque chose de trouble, lié à la mort et à l'amour, quelque chose qu'il n'aurait pas fallu réveiller. Le Christ olivâtre resta entre nous comme un paradigme du mystère qui nous liait.

*

Je la revois. Planquée derrière une touffe d'herbe. Immobile, elle tient serré dans son poing le silex qu'elle a choisi pour son arête bien coupante. On avance à pas de loup, comme des Indiennes, dans les hautes herbes de la falaise. En bas, il y a la Seine avec sa large boucle devant V. où l'on canote en été. Entre les deux, les grottes crayeuses où l'on joue aux hommes préhistoriques et où l'on n'a pas le droit d'allumer des feux. Parfois, on en trouve pourtant, de ces foyers de vagabonds, un petit tas de cendres froides entre deux pierres, à côté d'une boîte de conserve aux bords déchiquetés. Un « chamaillard » a mangé là, s'est posé. A peut-être passé une nuit. A eu froid, s'est enroulé dans une vieille couverture derrière ce pilier. A eu peur de la nuit, des chauves-souris qui pendent au plafond de la grotte comme des vessies vénéneuses et du cri de l'effraie qui niche un peu plus haut sur le replat.

Aujourd'hui, on n'est pas là pour les vagabonds ni pour les grottes. On est là pour les lapins. L'autre soir, à la laiterie, on a entendu le mot. Quelqu'un l'a prononcé à voix basse, comme une maladie honteuse, un fléau punitif, et il s'est répandu dans l'étable, s'est mêlé à l'odeur douceâtre de la bouse. Le mot, c'est Miette qui l'entend la première, avant moi. Je n'ai pas saisi, il est compliqué. Je la fais répéter. « La myxomatose. My-xo-ma-tose. » L'épidémie est là, on en compte des dizaines, qui se traînent par les chemins et les bois, qui risquent de contaminer les chiens. Et peut-être bien les vaches. Et les enfants, qui fourrent leurs doigts partout. Dans la nuit du retour, les bidons tièdes battant contre nos mollets, Miette me souffle : « Pauvres bêtes ! »

Plus tard, dans nos lits jumeaux, elle me les décrit en spécialiste, scientifiquement, anatomiquement : les gueules boursouflées, les yeux enflammés, les bubons purulents, les nœuds de chair violacée qui déforment les oreilles et le cul des bêtes. Les organes qui pourrissent de l'intérieur et finissent par leur sortir par le cul, c'est ça qu'elle dit, avec un luxe de détails. « On peut pas les laisser comme ça, c'est trop dégueulasse. » Et je ne sais pas si le « dégueulasse » s'applique à la description des symptômes qu'elle vient de m'énumérer ou au sentiment d'immense compassion pour la gent lapine.

« Tu sais ce qu'on va faire ? » Le réverbère de l'église toute proche éclaire notre chambre et fait briller les yeux de Miette. « On va abréger leurs souffrances. » Je dis « Oui, on va le faire », sans encore savoir quoi. « On va les tuer, elle dit encore. On n'a pas le droit de les laisser souffrir. » Je répète « Oui, on n'a pas le droit ». Miette et moi, nous aimons les animaux plus que les hommes, les hommes sont ces lâches qui baissent les bras devant cette saloperie de myxomatose. Comme on ne sait pas trop comment faire pour « tuer », on réfléchit aux moyens.

Les lapins, on pense que ça meurt facilement. On se munit chacune d'un caillou bien tranchant, il y en a beaucoup sur le plateau, que les labours vomissent chaque automne. Le lendemain, sitôt le porridge avalé, on part en campagne. On sillonne le plateau, arme à la main. On croise le berger, Vateau, qui nous demande où nous allons de si bon matin, étonné par notre air farouche. Miette répond du tac au tac : « Occupe-toi de tes oignons, Vateau ! » Vateau, on ne le craint guère, dans le coin, il garde quelques moutons sur le plateau, passe pour un débile léger, Miette et moi pensons qu'il le fait semblant, d'avoir cet air idiot. Vateau nous regarde nous éloigner d'un air dubitatif.

Maintenant, on est là, avec nos pierres coupantes. Prêtes à rendre justice au monde vivant en offrant à de malheureuses bêtes la mort à laquelle elles devraient avoir droit. Sûre, rapide. Miette dit que la mort est quelque chose de propre et de simple. Il ne faut pas la compliquer par d'inutiles maladies. Sa connaissance intime de la mort fait partie de l'échantillonnage de savoirs complexes qui lui appartiennent en propre.

Miette est investie d'une mission. C'est aussi là toute son effrayante grâce : derrière ses fossettes, Miette est capable de tuer. Je l'admire et la crains. Si elle peut tuer les lapins atteints de myxomatose, de quelle maladie honteuse dont je serais affectée à mon insu pourrait-elle aussi me soulager ?

Son regard est tendu vers le lapin qui agonise un peu plus loin. Miette est immobile. Un chat qui surveille sa proie. Dans ma main aussi, le caillou tranchant. Mais je ne saurai pas m'en servir, je le sais, je ne le ferai pas, cela que Miette m'a indiqué en désignant le sien. Sauf qu'un lapin n'a pas vraiment d'encolure où porter le coup fatal. Celui-là sursaute, bondit bizarrement. Brusquement affolée, elle se met à frapper partout, la tête, la gueule, le dos. Ça résiste, ça refuse de mourir. Cette saleté refuse la main tendue. Miette ne s'y attendait pas. Elle s'énerve, bloque la bestiole de sa main libre. S'acharne. Le lapin s'immobilise d'un coup, bouillie de chair et de cervelle. Miette pousse un cri de victoire en se redressant : « Viens, espèce de poule mouillée, là-bas, il y en a un autre ! »

Une bête suffoque sur un talus. Cette fois,

au premier coup porté, le corps s'affaisse et ne bouge plus. D'un œil sévère, Miette me fait signe qu'on continue. Un peu plus loin, deux autres se traînent sur l'herbe rase. Miette frappe, du même coup précis. Je voudrais courir jusqu'à la maison, entendre ma grand-mère chantonner dans la cuisine en épluchant ses légumes, oublier les lapins, la myxomatose, les maladies, la mort. Oublier Miette qui s'escrime sur un autre garenne à l'agonie. « Arrive ! Qu'est-ce que tu fous ! » J'arrive.

VII

Avec Miette, nous passons beaucoup de temps à nous échapper dans des « cabanes ». Plus ou moins élaborées, parfois faites de couvertures, de draps et de matelas déplacés, parfois plus complexes, dans des arbres, avec l'aide des garçons. Dans ces mondes à notre main, nos récits prennent vie et sens.

Nous n'avons jamais joué, ni l'une ni l'autre, à la poupée. Miette se considérait « au-dessus de ça » et les poupées me semblaient de misérables ersatz. Pourtant, les maisons de poupée que proposaient les vitrines de Noël nous paraissaient choses précieuses dont nos cabanes de fortune étaient de la même inestimable nature. Il y avait dans ces coupes en long, ces tranches d'existences simultanées, quelque chose de merveilleux. On pouvait voir, à chaque étage, dans chaque pièce, des occupants différents s'adonner dans le même temps à des tâches ou des occupations aussi variées que dormir, faire la cuisine, regarder la télévision ou se laver. L'émerveillement, c'était la simultanéité. C'était que puissent se produire en même temps une foule de choses si différentes entre elles dans un espace minuscule que nous pouvions embrasser du regard et qui pourtant était le monde.

L'impression de la maison de poupée, cette sensation joyeuse de *cohérence* sur laquelle je peux aujourd'hui mettre des mots, nous la vivions alors pleinement. Il y avait dans notre temps commun, à Miette et à moi, quelque chose d'à la fois proche et lointain, puisque nous étions à la fois ensemble et séparées. Nous étions comme deux étrangères dans la même maison, nous étions ces deux presque sœurs qui avaient voulu s'entre-tuer. Nous nous aimions de près et de loin.

Miette et moi vivions dans une maison de poupée. La même que celle des vitrines de Noël. Notre monde se trouvait au lieu précis où se rencontraient le quotidien le plus terre à terre et la magie pure.

*

Durant notre enfance, le temps de l'amitié est sans cesse interrompu. Notre norme est l'interruption, la continuité de notre relation est faite de ces plages d'absence. Si Miette est près de moi, la plupart du temps, c'est par une nécessité d'adultes. Une nécessité indéfinie, les amours de sa mère, peut-être, d'autres impératifs ou interdits qui nous échappent. Notre sororité est faite de ce savoir-là, aux contours ébréchés. Les adultes, eux, n'y verront que du feu. Satisfaits, au fond, que dans leurs aménagements nous ne venions pas opposer une mésentente ou, pire, la détestation du tout premier jour.

Nous pouvons passer de longues semaines sans nous voir, d'autres au long cours où nous nous voyons continuellement. Notre amitié ne se situe pas sur le registre fusionnel des codes adolescents dans lesquels le silence, le tiret dans la phrase sont une insulte à la vie. Nos échanges sont semés de ces tirets. Avec nos autres amies, nous sommes pourtant bien ces adolescentes-là : bruyantes, bavardes, empathiques, absurdes. Mais pas ensemble. Nous éprouvons l'une envers l'autre un sentiment d'indépendance qui ressemble à une forme de respect. Quand nous nous retrouvons, au sortir d'une période d'interruption, notre familiarité est intacte. Mais les silences qui ponctuent notre présent chahuté par les vies chaotiques des adultes, nous les faisons nôtres. Grâce à eux, nous reprenons souffle. Dans ce temps-là, nous nous comprenons sans le recours des mots.

Hors de notre quotidien commun, Miette disparaît. Impossible de me l'imaginer dans sa vie de tous les jours : se levant le matin dans le petit deux-pièces de la rue St., préparant son cartable, prenant son petit déjeuner, souvent toute seule, et alors il faut allumer le gaz, faire chauffer le lait. Et les week-ends chez sa tante sont soit une abstraction, soit auréolés d'histoires invraisemblables. Ainsi me raconte-t-elle un jour que son oncle a « du lait » dans la poitrine. J'essaie de me représenter cet oncle que je ne connais pas, cet oncle à la nature mystérieuse. Et s'impose une image formidable, mythologique, une image admirable que cet oncle à lait, qui me rappelle les centaures et les êtres fabuleux des récits de la Grèce antique que nous lit mon père.

Plus nous grandissons, moins je parviens à me figurer mon amie lorsque nous ne sommes pas ensemble. Je ne l'imagine concrètement, sereinement qu'en vacances chez son père, l'été, en Yougoslavie où existe une *vie de famille*, les parents paysans de la nouvelle femme de J. chez qui nous allons pendant des vacances d'hiver, merveilleux souvenir de datcha perdue dans la neige et la forêt croate, et d'un immense poêle en faïence bleue sur lequel nous nous asseyons pour bavarder toute la nuit.

*

Vivant des temps aussi différents que l'étaient ceux des occupants de la maison de poupée, nos retrouvailles se faisaient hors du temps des autres. Avec Miette, j'aurai appris que le présent n'était en aucune manière un bien commun, mais une création particulière. Que le *recycler* était une manière efficace de se l'approprier. Dans cette invention constante de nos vies, ensemble nous ne nous sentions jamais en décalage. Alors qu'avec les autres, ce décalage, je le ressentais constamment, j'étais une imposture vivante que même le son de ma voix trahissait, avec Miette, ma compagne en invention et en quelque sorte *de mensonge*, je me sentais vraie.

VIII

À partir de la sixième, un rendez-vous d'enfants est institué par ma mère pour le déjeuner du jeudi. Nous habitons à côté de la gare du Luxembourg et sommes toute une bande à prendre ensemble le « train d'une heure » qui nous mène dans la vallée de Chevreuse où nous montons à cheval.

Pour Miette, les chevaux sont un ancrage. Ils le sont aussi dans notre amitié. Curer les pieds, bouchonner, étriller, brosser, puis monter le cheval, sentir ses flancs musculeux entre ses jambes, installer son assiette. Répondre par une pression des mollets, parlementer d'une pression des doigts sur les rênes, négocier un obstacle, maîtriser sa vitesse. Parcourir un tracé de cross en forêt que nous devons d'abord reconnaître à pied, enivrées par les parfums mêlés du crottin, de la terre et de l'angoisse. Parler cheval pendant des heures. Tout cela est concret, solide. Nous nourrissons pour les chevaux une passion totale. Tout ce qui se rapporte à ce jeudi après-midi devient sacré : le train qui nous emmène de la gare du Luxembourg à Gif-sur-Yvette, le couple qui tient le « ranch », les gens qui le fréquentent, mais aussi la sellerie, les cuirs, les bottes, les concours hippiques, les livres de photos. Et les chevaux, bien sûr, envers qui nous éprouvons des sentiments tout à fait humains, de tendresse, de jalousie, de possession, de ressentiment, d'amour pur.

Quand nous sommes chez moi, nous feuilletons ensemble un livre illustré de nombreux dessins, un texte documenté écrit dans une police cursive, comme à la main, qui rapproche encore cette activité dont nous aspirons toutes deux à faire notre vie. Le livre s'appelle *Cheval, mon cher souci*. Je l'ai encore sur mes rayonnages. Il y en a un autre, un livre de photos noir et blanc que nous regardons indéfiniment, nous attardant sur la séquence « Reproduction et mise bas ». On y voit notamment l'étalon amené à la jument en chaleur : le membre démesuré prêt à être introduit dans la vulve de la jument par le naisseur qui le tient à pleine main. Miette pouffe. Je suis un peu horrifiée, je ris pour ne pas paraître en reste. Les pages suivantes montrent la jument pleine, ses flancs rebondis et luisants, l'étalon, lui, broute tranquillement dans un champ voisin, il ne figure presque plus sur les photos, sinon de loin. Nous sautons ces pages pour arriver à celles de la mise bas. Qui nous inspirent une terreur sacrée. La jument est couchée sur le côté, le poulain se présente par les pieds. La tête de la jument me paraît tout à coup ressembler à celle de mon amie, innocente, grave et affranchie. Souffre-t-elle ? Miette m'assure que oui, terriblement, mais les animaux ne se plaignent jamais, contrairement aux humains.

*

C'est si beau, un cheval. À douze ans, nous sommes en pleine passion. Le jeudi, après la reprise ou la balade, nous nous collons contre les encolures humides, mousseuses là où ont frotté les rênes, pour sentir le cheval longtemps encore après s'être quittés, nous flattons les chanfreins, du plat de la main et le chanfrein a lui-même une merveilleuse platitude que l'on sent bien sous le poil ras, nous prenons le pied à pleines mains, le posons sur notre genou pour le curer et cette confiance du cheval qui s'abandonne à notre soin nous bouleverse. Nous aimons l'odeur du foin tiède et du grésil, nous aimerions passer la nuit dans les box, dormir roulées dans la paille avec la jument qui, elle, dort debout, le sabot arrière légèrement posé sur le sol par la pointe, comme une danseuse. Au pire pourrions-nous coucher dans la sellerie, on nous jetterait un tapis de selle, sur le sol en ciment, cela nous suffirait bien. Les derniers cavaliers seraient partis, on se laisserait enfermer toutes les deux, personne n'aurait remarqué que nous étions là, entre les cuirs odorants, les sangles, les étriers et leurs étrivières, et puis les filets, les brides, les selles d'obstacle légères et les plus lourdes, pour le dressage. Et la haute autorité du maître de manège barbu qui nous semble un dieu et aussi un homme. Cet homme dont nous imaginons parfois des choses.

*

L'été de nos treize ans, on nous a envoyées dans une ferme équestre en Irlande, je ne sais plus comment ma mère avait trouvé ce lieu inouï. Nous avons vécu un mois entier dans une vraie ferme, où l'on trayait les vaches, où l'on faisait le beurre, la crème et le pain, où surtout galopaient en liberté une dizaine de chevaux dans les prés alentour. Il nous fallait aller au petit matin, munies d'une simple muselière et d'une corde, chercher dans l'herbe haute le cheval que nous monterions et dont nous nous occuperions pendant la journée. Les brumes de la nuit montaient encore des prairies humides, les chevaux soufflaient en nous voyant approcher, parfois partaient brusquement au galop, crinière au vent, en lâchant de puissants pets. Après d'infinies manœuvres d'approche, nous parvenions à les aborder doucement, puis à passer la muselière autour de la bouche de celui que nous avions choisi et revenions à cru jusqu'à la ferme. Là nous attendaient muffins, tarte aux pommes et *crumpets* où fondait, dans les alvéoles tièdes, un beurre qui sentait le petit-lait, le frais et la paille.

Entre ce petit déjeuner « fait main » et la main maternelle de ces fermières qui s'affairaient, sitôt avalé ce premier repas, à d'autres cuissons longues, bocaux, confits, ragoûts, en prévision de notre retour des galopades de la matinée, il y avait un chaînage caressant, un geste ininterrompu de « faits main » protecteurs. Impression incroyablement apaisante de ce séjour en Irlande qui nous rapproche encore dans une douceur inhabituelle. Ce présent-là est si puissant, la proximité des chevaux, les odeurs de pain chaud et de crottin nous enveloppent de manière si familière que le soir nous nous endormons comme des masses, pour la première fois sans le recours aux histoires insensées que Miette brode à l'envi depuis toujours. Les chevaux, les hautes herbes et les fous rires tissent un quotidien dans lequel il n'y a plus d'interstices pour le malheur. Mais aurais-je à l'époque parlé de « malheur » ? Sans doute pas. Sans doute n'aurais-je pas été capable, à l'époque, de nommer le gouffre que je devinais pourtant au verso de mon amie.

*

J'ai rencontré il y a quelque temps une femme coach qui travaille avec les chevaux.

Elle me parle de cette capacité inouïe qu'ont les chevaux à ressentir les émotions les plus cachées, celles que l'on ne peut mettre en mots ni même penser. Celles que le corps enfouit totalement, pas même un battement de cœur pour les trahir, ou un ventre qui se serre, un muscle qui se contracte, une gorge nouée ; les émotions qui échappent aux rêves nocturnes, à l'esprit qui bat la campagne, à l'envie de pleurer ou de disparaître. Celles que leur profondeur abolit. Ces émotions-là voyagent, s'envolent, cheminent et se déposent sur la robe moirée des chevaux, aussi légères que la couleur sur l'aile des papillons. Imperceptibles aux hommes, elles s'insinuent dans le grand corps des chevaux dont elles pénètrent chaque fibre, chaque cellule, chaque membrane, chaque noyau, s'étendent sur la vaste surface de la peau, à présent déployée comme une carte, dans chaque muscle, chaque goutte de sang et de lymphe, dans la plus petite articulation osseuse et jusqu'à la pointe de la crinière et de la queue flottant au vent.

Miette vivait avec les chevaux et par les chevaux. À cinquante ans de distance, je comprends ce corps-à-corps. Elle et eux n'étaient qu'un. Elle taisait ce que les chevaux disaient. Les chevaux taisaient ce qu'elle ne pouvait dire.

J'aimais les chevaux à la folie, me disais-je. Je sais aujourd'hui que je les aimais sans folie, l'amour fou, l'amour nécessaire et sans retour, était de son seul côté.

IX

Il y a dans le souvenir une forme d'irréalité qui est pourtant son paradoxal moteur. La traque de la mémoire ne trouve pas nécessairement sa résolution dans le point précis, sensible que l'on croyait chercher. Le souvenir ne commence pas à proprement parler à ce point-là, qui est celui dont « je me souviens ». Il commence dans la recherche elle-même et dans un mouvement d'invention.

Les récits que m'offrait Miette étaient comme des souvenirs, de ce fait nimbés d'une approximation qui rendait nécessaire un florilège de détails. Quels que soient l'exposé et ses circonstances, l'impression était toujours qu'elle était en train de me raconter un souvenir. De mon côté, je faisais de même, me sentant absoute de toute nécessité de rapporter un réel que je ne maîtrisais pas davantage. Nous nous retrouvions dans cette temporalité que nous avions instaurée. Dans nos cabanes, vraies ou imaginées. Dans nos maisons de poupées.

De même que le funambule ne tient sur son fil qu'à la condition de poser un pied après l'autre, surmontant entre chaque pas le vertige du vide, nous n'avançons dans nos vies qu'à celle de nous égarer. L'intuition enfantine le sait. L'imagination est, pour l'enfant, le moteur le plus puissant dans le processus de l'égarement et de l'avancée. Cela, Miette le savait depuis toujours. Une sensibilité psychanalytique dirait sans doute que cette réinvention de son présent était destinée à le fuir. Je crois plutôt à l'intuition aiguë de ce qui nous meut, de ce qui nous fait nous endormir le soir et nous réveiller le matin. L'intuition que le réel n'existe que dans un certain réenchantement. En imaginant, les enfants poursuivent une rhétorique de l'essentiel, libre de toute raison. Libres, nous l'étions, Miette et moi, à travers nos débordements et notre joie à nous emboîter le pas chaque fois que l'une desserrait le verrou de l'imagination. Mais je voyais dans son exceptionnelle capacité à imaginer une qualité qui lui était propre, une audace que je ne possédais pas au même degré qu'elle.

En se livrant à corps perdu dans les récits que lui offrait son imagination, Miette jetait la trame d'une réalité possible. Elle tissait des fils entre lesquels, ensemble, nous pourrions nous couler. Qu'elle nous imagine *ensemble* me bouleversait toujours.

*

Nous avions une notion tout à fait libertaire de la véracité. Selon les codes en usage, nous savions l'une et l'autre que nous *mentions*. Nous en retirions une complicité singulière, faite de la conscience diffuse que ces *mensonges* posaient aussi les bases de nos mémoires à venir. Alors que la caractéristique de nos autres amitiés était précisément de traquer les mensonges et les exagérations, jamais nous n'aurions mis en doute les paroles l'une de l'autre. Il y avait en Miette une vérité qui, en retour, m'en autorisait une également. Ces vérités dissemblables et pourtant en miroir nous étaient nécessaires.

*

Un jour où elle me parlait d'un week-end chez sa tante, Miette me dit : « J'ai un grand secret, mais je ne peux pas te le dire. » J'eus beau supplier, menacer de ne plus être son amie, elle se mura dans le silence. Elle avait en propre cet art de suggérer ce qu'elle ne dévoilerait jamais, de vous octroyer une part de mystère tout en vous en refusant l'essentiel. C'est même là une modalité dans la relation, qu'elle instaurait régulièrement, comme un rappel de qui elle était. Et quand elle avait décidé de ne pas parler, Miette s'y tenait. On aurait pu la « torturer », comme elle m'y engageait avec un air finaud : « Vas-y, tords-moi le bras, pince-moi, brûle-moi, fais-moi mal, je dirai rien. » Et elle ajoutait : « J'aurais été une grande résistante, pendant la guerre. »

Dans ces moments, je lui en voulais. Pourtant, qu'il y eût un secret entre nous n'était pas quelque chose de réel. Le secret ne prend sens que dans l'interprétation forcée que donne le temps différé. Dans le temps de notre vie, il restait un jeu, auquel nous nous adonnions dans l'impulsion de l'instant.

Plus tard, j'ai pensé que prétendre avoir des secrets était un des traits de son caractère, tout en essayant de deviner la part de vrai dans ces mystères dont elle persistait à m'offrir la partie émergée, alors que je ne lui en demandais pas tant. Quand nous sommes devenues adultes, la vie matérielle était si difficile pour elle que j'ai cessé de penser à ce « travers » qui m'avait irritée dans l'enfance.

*

Miette. Dans son être le plus intime, il y a la faille. Une faille couplée avec un lumineux sourire à fossettes qui la fait basculer à tout moment dans le fou rire où elle m'entraîne, à huit ans, à onze, à quatorze. C'est ce couple inédit du drame et de l'absolu bonheur qui me fait l'aimer. Là gît sans doute le secret dont je la sens habitée et que je cherche à percer obstinément tout au long de notre enfance. Miette n'est pas à mes côtés avec la constance un peu obsessionnelle de la *meilleure amie*. Miette se trouve ailleurs, quelque part au fond de ma vie souterraine. Tout contre moi, au plus obscur de mes somnolences, au fin fond de mes rêveries inabouties. Ensemble, nous sommes en deçà du quotidien, dans son doigt sur ma bouche qui interdit le questionnement et me signifie que non, elle ne me dira pas.

— Que ne me diras-tu pas, Miette ? Quoi ?

— Jamais, j'ai promis, je suis une tombe.

— Juste ça, tu me dis : il y a « quelque chose » que tu ne me dis pas… ?

— Si tu es mon amie éternelle, tu ne me forceras même pas à te répondre à cela.

Je suis une amie éternelle, je me tais.

Parfois, je pense qu'elle mime un secret qui n'existe pas. Cette idée me rassure. Faire semblant d'avoir un secret, c'est ce que je fais à longueur de temps. Puisque c'est comme ça que l'on a une vie intérieure, pensais-je. Faire croire aux autres qu'on en a une, cachée aux yeux de tous. J'aimerais aussi avoir un secret, et même une vie intérieure. Je me persuade d'ailleurs si bien qu'un jour je le dis à Miette, j'ai un secret, je vais te le dire. Je l'ai préparé, absolument inventé, c'est une fausse histoire d'amour, une histoire tragique, avec pour preuve matérielle une lettre que je me suis écrite à moi-même, signée « Nicolas » et dûment mouillée de larmes. C'est ce jour-là qu'elle a mis son doigt sur ma bouche. « Tais-toi, je ne veux rien savoir de toi, je ne veux pas de tes preuves. »

*

Miette a une gaieté enragée, sauvage, qui peut me faire peur. Parfois, quand elle rit, trop fort, trop longtemps, je pense qu'elle est quelqu'un d'autre, quelqu'un de très éloigné de moi. Non plus mon amie, mais un masque grimaçant recouvrant une face terrible. D'un coup, je ne suis plus avec elle, mais face à son rire qui se casse en un bizarre éclat de gorge, suraigu, excessif. Je suis face à la part cachée qu'elle me dérobe. C'est pourtant cette autre Miette qui me semble la *vraie*. Celle du masque, qui me paraît posséder cette chose essentielle qui m'est, à moi, étrangère : la *personnalité*. Sans bien saisir ce que ce mot peut recouvrir, nous y avons souvent recours. Miette surtout, qui taxe avec dédain tel ou tel de « sans aucune personnalité ». Dans ces moments-là, je me rengorge intérieurement : si elle m'en fait la confidence, c'est que peut-être j'en ai un peu. Mais où ? Je sais bien, moi, que je suis une usurpatrice, je me sers d'elle, je vampirise sa force vitale. D'ailleurs, très vite, le vague espoir d'*en avoir* retombe comme un soufflé. Je n'ai pas la moindre étincelle de cette personnalité convoitée qui vous rend attirante comme un aimant. Zéro miette de cette personnalité haute en couleur dont ma Miette à moi déborde et dont elle m'éclabousse généreusement.

*

Gaieté énorme, rires incongrus, fous rires incontrôlables. Gaieté souveraine de Miette, et ses fossettes qui se creusent de part et d'autre du rire, jusqu'à dessiner deux virgules sous le rouge des joues. Toujours empourprées, les joues, couleur bon vivant. Animées. Puisqu'elle l'est, Miette, animée. Je le sens, je l'envie. Je ne le suis pas, moi, au contraire, toujours tirée vers le bas-fond d'une tristesse. Avec Miette, je serai toujours en retard. D'un désir, d'une passion, d'un enthousiasme. D'une connaissance occulte, d'un savoir adulte. Des règles. Je m'accroche, pourtant. Je sens qu'elle est dans le vrai de la vie. Je rame péniblement derrière elle, et mes angoisses d'être toujours à l'heure, de ne pas me faire remarquer n'y changent rien. Sa gaieté précède tout, me précède, moi, notre amitié, et m'emmène. M'embarque. Je m'embarque avec elle, toujours, vers la destination qu'elle a choisie.

*

Nous avons treize ans. Cette année-là, mes parents ont fini par divorcer après de longues années et cette séparation officielle me plonge dans le désespoir. Miette hausse une épaule avec une sorte de mépris : « Bah, c'est rien, tu verras... C'est juste qu'au début de l'année, dans la fiche de l'école, à "profession du père", tu devras mettre "parents divorcés". » Curieusement, je me satisfais de cette réponse.

Au fond, je pense que cela me convient. Aucun de mes parents n'a une profession clairement identifiable – « homme de lettres », écrivais-je parfois sans conviction, quant à ma mère, j'aurais aimé pouvoir mettre comme la plupart de mes congénères « mère au foyer ». Mais, précisément, la mienne ne l'est pas, au foyer, pas du tout, et je ne sais trop qu'écrire. Et sans doute l'idée de pouvoir enfin faire rentrer dans la case « profession du père », et « de la mère s'il y a lieu », une formule bien campée me pose-t-elle en quelque sorte vis-à-vis de mes camarades de classe qui ricanent toujours lorsque je réponds « poète » à : « Il fait quoi, ton père ? »

Aussi, à la rentrée suivante, lorsque le professeur de français, épluchant ses fiches, me fait remarquer en pleine classe que « parents divorcés » n'est pas un métier, je suis parcourue d'un sentiment mitigé. Miette m'a trompée. Et en même temps, à cet instant précis, toutes les têtes se sont tournées vers moi : grâce à elle, je suis enfin devenue intéressante.

X

J'aurais voulu tracer la ligne de cette vie, restaurer une continuité dans un dessin haché. Puisque ma mémoire n'est à présent que l'absence d'elle que mon souvenir interroge. Mais l'absence était déjà notre marque. Entre Miette et moi, il était toujours trop tard. Nos récits nous précipitaient invariablement dans un temps qui n'appartenait plus à l'enfance. C'était trop tôt, en réalité.

Parfois, je sentais que nous nous aventurions trop loin, j'avais envie de la tirer par la manche, de lui dire : « Attends, reviens, on fait "pouce" ! » Je n'osais pas. Elle sentait ma réticence, se moquait gentiment de moi. Aujourd'hui, je me dis que peut-être elle n'attendait que cela. Mais nous ne pouvons pas parler de cela *aujourd'hui*. Miette a mis entre ce temps-là et aujourd'hui un obstacle infranchissable.

*

Je faisais de la musique, du piano. Chaque semaine Mme B. venait à la maison où trois ou quatre gosses récalcitrants se retrouvaient aussi, parce que c'était central et que nous avions un piano. Miette ne faisait pas partie de cette bande-là. Chez elle, il n'y aurait pas eu de place pour un piano et puis chez elle c'étaient plutôt les arts plastiques. De chez-elle surtout, il n'y avait pas vraiment. Pas plus que de place dans sa tête pour tout ce qui n'avait pas de rapport direct avec ce qui l'occupait. Et cela, qui l'occupait, je n'aurais su dire ce que c'était. En tout état de cause, elle se moquait gentiment de *mon* piano. Ce piano que j'aimais, Miette le méprisait : « Ah, tu ne peux pas rester au téléphone, tu dois faire *ton* piano ! Tant pis, j'avais un truc à te dire. » Elle raccrochait. Ce « truc » dont je savais qu'elle ne me le dirait jamais, mais dont ce jour-là le piano me privait explicitement. Et ce jour-là, je détestais le piano.

Au demeurant, c'était un mystère. J'aimais la musique et en écoutais beaucoup. Miette, elle, n'écoutait que Mahalia Jackson et Joan

Baez et se vantait de ne pas aimer la « grande » musique, placée dans la même catégorie « bourge » que « ton piano ». Mozart l'ennuyait, *Carmen* la faisait sourire. Bach la barbait, le seul tourne-disque de la maison était dans ma chambre et quand s'en échappait ce qu'elle qualifiait de « musique de morts pour les morts » elle ne manquait pas d'aller en ôter le bras sans ménagement.

Miette était la seule de mes amies à laquelle j'avais le sentiment obscur de *faire allégeance*, avec laquelle je devais, si je voulais rester avec elle, quitter ce qui constituait mon monde. Et avec elle, oui, je voulais rester. À l'instant où Miette entrait dans ma vie, franchissait la porte de l'appartement ou de ma chambre, ce monde qui était le mien devenait fade. Face au sien, dont pourtant elle me refusait l'entrée, je m'effaçais.

Mon monde à moi, c'était le drame qu'il me semblait vivre dans le déchirement entre mes parents, mais c'était aussi la musique, le collège Sévigné, la rue Malebranche. Miette pénétrait dans mon instant, dans le rond de ma lampe et ce monde-là se dissolvait. Plus mon monde disparaissait, plus me bouleversaient ses récits. Après le cheval, les séances du jeudi dans la vallée de Chevreuse d'où nous revenions ensemble en train, Miette me nourrissait de ses dernières aventures. Ainsi percevais-je sa vie, chaque grain de cette vie singulière qui était la sienne et dont elle me tenait éloignée – pourquoi ? Mais cette raison obscure, je m'y pliais sans question. Raison il y avait, je le respectais comme je respectais mon amie, absolument. Pourtant, les années passant, dans ce rapport particulier fait de fusion et d'éloignement forcé, je n'aurai jamais cessé de me demander ce qui relevait de sa décision ou de ma faute.

*

En 1963 ou 1964, il y eut la rue du Faubourg-Saint-Denis. Qui se souvient du faubourg Saint-Denis en 1964 ? Un Paris d'autrefois qui, déjà à l'époque, semblait d'autrefois. Appartenant à l'histoire de bien avant 1964 qui était notre modernité à nous. C'était les putes à cuissardes dans les portes cochères, les bars louches. C'était encore le Paris des faubourgs, les logements y étaient petits, les loyers accessibles. Miette, son frère et sa sœur, sa mère et le nouveau compagnon de celle-ci s'y installèrent à cette époque. Pour nous voir, c'était loin, il fallait prendre un interminable autobus 38, Gare-de-l'Est – Gare-du-Luxembourg. Pour Miette aussi, c'était loin, pour Victor-Duruy où elle était au lycée, pour les déjeuners du jeudi, pour le cheval, puisque le train pour la vallée de Chevreuse partait de la gare du Luxembourg.

Tout devenait trop loin.

*

À cette époque, je lisais beaucoup, plutôt davantage que mes amies, pas les mêmes choses. Miette, tout comme Ch., L. ou B., prenait des airs de conspiratrice pour évoquer des lectures auxquelles notre âge ne permettait pas de prétendre. Ch. recopiait des passages entiers des *Rois maudits* de Maurice Druon qu'elle me lisait en cachette pendant les récréations, en entrouvrant son cartable où se trouvait le livre ouvert à la bonne page. Au vrai, je ne me souviens pas de ce que ces rois, dont j'ai depuis parcouru les biographies, avaient de

« maudits ». Il y était sans doute question de leurs amours et des crimes crapuleux abondamment décrits dont nous nous repaissions. Ces « rois maudits » voisinaient, sur des étagères bien en vue, avec d'improbables bibelots, à côté du Larousse, des catalogues de la Manufacture de Saint-Étienne, des collections reliées de Victor Hugo, de Dumas et du *Reader's Digest*, côtoyant par ailleurs l'autre solide assise d'un savoir dont je ne disposais pas davantage, la télévision. Tous ces accès étaient autant de portes dérobées vers le monde où se concentraient toutes mes aspirations : l'amour. C'était le même monde que celui des fêtes de village dans le Sud caniculaire de juillet, celui des filles « trop fardées », comme disait ma mère, celles qui s'habillent trop court, que celui des gens qui parlaient trop fort, qui écoutaient la radio sur la plage ou qui s'engueulaient en public. Tous ceux-là qui parlaient de corps, de sang, de chair et de danger.

*

Plus tard, il y eut *Dracula*. Avec lequel nous nous initiâmes à la peur générique. Une sorte d'absolu de la terreur de vivre qu'il fallait, nous le devinions, affronter pour vivre pleinement. Et que, frissonnant dans les mille terreurs relatives de notre quotidien de petites filles troublées, nous affrontions bravement ensemble, ouvrant le livre de Bram Stoker, lisant à voix haute les passages qui nous faisaient trembler. Et puis un jour, dans une salle de Saint-Michel, nous sommes allées à une séance de cinéma, seules pour la première fois, voir le film de Polanski dont personne n'aura pu me dire depuis que c'était là un film drôle. J'en sortis terrorisée. Miette me regarda d'un air condescendant : « Ben quoi, il l'aime, c'est tout. » Ce soir-là, j'avais eu encore une fois ce sentiment diffus qu'elle en savait plus que moi sur la vie. Comme avec les « enfants thalidomide », comme avec les lapins myxomatose, comme avec *Les Mille et Une Nuits*, je m'étais sentie exclue du cercle de feu.

*

Plus tard encore, cette chose incroyable m'arrive. L'amour avec un garçon. Irréelle comme la mort qui n'advient qu'une fois et alors on se demande, cette personne que l'on a si bien connue, on ne la connaissait pas puisque à présent elle a vécu cela, à quoi nous sommes, nous, si étrangers. Cet hallucinant héroïsme que chacun traverse dans le silence de soi. Ce mat échec qui nous devance. L'expérience amoureuse a cela de commun avec la mort. De n'être en réalité qu'une fois, une seule. Je fais l'amour en février 1969 ou plutôt l'amour me fait. Ce qui se *fait* ce jour-là, dans une chambre de bonne, au sixième étage d'une rue perpendiculaire aux Tuileries, cela que je fais, qui m'absout et me projette, me semble si unique que jamais, je le sais, je ne le re*ferai*. Ou que peut-être chaque fois, c'est cela que je comprends, sera aussi unique, absolue, valeureuse, secrète, définitive, solitaire et muette, que cette première fois. Cet amour que nous *faisons* à répétition la vie durant, cette première fois dont il me souvient possède une nature secrète, profondément enfouie, s'apparentant, me semble-t-il alors, à l'expérience unique de la mort. La vie durant, j'en tirerai, je le sais ce jour-là, la même impression d'exploit, la même sensation de secrète jubilation, rejoignant mystérieusement l'instant singulier que désormais j'imagine comme celui de ma mort.

Ce jour de février, dans l'ivresse de l'accomplissement, mes pas résonnant sur le macadam durci de froid, rue de Rivoli devenue un *décor*, rue en couleurs comme dans les rêves dont nous ne pouvons faire le récit, je viens de connaître l'expérience absolue, celle dont pourtant je n'ai pas idée car j'ai dix-sept ans et ces pensées-là ne me traversent pas.

C'est le sentiment incroyable de la chose la plus commune jamais partagée par personne. L'indicible qui peut être seul à l'origine de la pudeur. Ce que l'on ne peut dire, on ne peut le montrer. Je suis rue de Rivoli, rien n'a changé et pourtant je suis nue et je danse.

Et tout à coup, en cet instant précis qui est comme une naissance, je pense à Miette. Pourquoi me semble-t-il à cet instant que nos secrets se frôlent, mais ne s'épousent pas ? Alors que nous avons toujours *tout partagé*, fait confidence de nos secrets vrais ou faux, y compris cette zone-là qui aujourd'hui me déborde, pourquoi sais-je dans le même mouvement que s'il est une personne à qui je ne soufflerai mot de ma jubilation nouvelle, c'est Miette ?

XI

Je ne sais ce que l'on appelle « travail de deuil ». Ou plutôt : travailler me connecte immanquablement au deuil. Fouailler la mémoire de mon amie Miette me parle de ce que je n'avais pas saisi jusqu'ici : sa mort réelle. *Travailler*, c'est transformer l'existant que je ne parviens pas à saisir. Le *travail de deuil*, c'est cela qu'il affronte : quelque chose qui n'est ni de la présence actuelle ni de l'absence. C'est ce qui est là en tant que perdu. C'est le *trop tard* inhérent à nos vies. Comme si les anachronismes de nos vies étaient paradoxalement conditions de nos rencontres.

Tant il est vrai qu'il n'y a de communication réelle entre les êtres que de déchirure à déchirure. Mais pour que cette communication soit possible, encore faut-il que la déchirure n'apparaisse pas, qu'elle demeure celée, attachée à notre part de caché. Ce domaine, c'est celui, en actes, de l'enfance. C'est le vrai, le grand travail de l'enfance, laquelle est, en elle-même, un très long deuil. Ce travail que, par la grâce de ses invraisemblables histoires, Miette n'aura cessé d'accomplir. Comme si, déjà, elle tissait le récit de son propre *après.*

En grandissant, nous déployons d'autres stratégies, d'autres modes pour cacher notre déchirure à l'autre, à celui que nous aimons peut-être et à qui nous craignons, sans doute à juste titre, que notre déchirure intime ne fasse peur, ou à celui qui nous interpelle et à qui nous voudrions répondre « présent ». L'un de ces modes est le temps différé.

*

Après soixante-huit, Miette et moi nous sommes perdues de vue. J'errais dans des militantismes auxquels je n'adhérais pas vraiment et des idéologies d'occasion. Miette, elle, s'était engagée corps et âme dans la seule passion qui la tenait : les chevaux. Je n'ai pas compris la signification de ce geste, qui me paraissait alors seulement relever de la tête brûlée un peu obsessionnelle qu'elle était. Nous venions de passer le bac. À la rentrée de soixante-huit, elle s'est engagée comme palefrenier dans les écuries de Chantilly. Un an plus tard, elle y rencontrait un jockey anglais dont elle eut deux enfants coup sur coup sans jamais former couple.

J'appris la naissance de son premier enfant, un garçon, par ma mère qui le savait de la sienne. Pourtant, à travers cette vie étrange et radicale qu'elle se faisait, je devinais que Miette était larguée.

Elle s'était jetée jusqu'à l'absurde dans une image : celle d'une passion jusqu'au-boutiste, les chevaux. Jusqu'à faire profession d'en nettoyer les écuries. De quel Augias s'agissait-il et de quelles écuries ? Je n'en avais pas la moindre idée. En faisant des enfants à vingt ans, elle s'était jetée, me semblait-il avec autant d'aveuglement, dans une autre image : celle d'être une mère. Qui plus est en un singulier télescopage entre ces deux représentations, puisque les enfants étaient ceux d'un homme de cheval. Sans réelle consistance – personne ne l'a jamais vu. J'assume la métaphore : autant dire d'un cheval. En épousant en quelque sorte un centaure, Miette se construisait une énième vie. Mythologique.

De loin, tout cela paraissait rocambolesque et un peu triste, mais j'étais trop occupée par mes propres errances pour tenter de comprendre ce qui se jouait.

*

Miette avait le désarroi violent, mais les armes pour lutter contre ce désarroi étaient tout aussi violentes. Elle disparaissait. À l'âge où les jeunes adultes que nous étions en train de devenir se cherchent, se rapprochent ou se querellent, elle s'est mise à me fuir. Sur le coup, j'en ai été blessée. Cet écart et ce choix de vie radical m'atteignaient comme si elle avait un courage que je n'avais pas. Ce sentiment, je l'avais souvent éprouvé, depuis notre petite enfance. Elle était courageuse, j'étais peureuse. Elle affrontait les situations les plus dramatiques, j'allais au plus facile. En ce début des années soixante-dix, les choses recommençaient. Elle se coltinait la dure réalité en nettoyant le crottin dans les aubes glaciales de Chantilly, je vivais dans l'ivresse des amitiés nouvelles, des amours changeantes et des fantasmes communautaires. Pensant à elle, je me suis sentie de nouveau minable et gâtée. Elle travaillait dur, elle était dans la vraie vie. Je me complaisais dans les illusions et les débats fumeux.

*

Nous nous sommes retrouvées à la naissance de sa fille. Le jockey anglais avait disparu dans la nature, les écuries avaient cessé de lui plaire et elle s'était repliée dans une vie étriquée de secrétaire qui ne lui ressemblait pas. Elle avait appris la « sténo », comme on disait, avait trouvé un emploi de « sténodactylo » et habitait un minuscule deux-pièces, ne voyant presque personne, trimant pour nourrir sa nichée, rentrant en courant pour chercher les gosses chez la nounou. Sa mère avait quitté Paris. La tante et l'oncle à la belle voiture n'étaient plus là pour la soutenir et l'aider. Elle était terriblement seule. On s'appelait de temps en temps, nos coups de téléphone étaient interrompus par des cris d'enfants.

Je suis allée un soir voir le bébé, qui avait

déjà quelques mois, dans une petite rue du côté de la place Voltaire. Miette était gaie, ce soir-là, contente de ma visite. Elle adorait ses enfants, la petite fille était mignonne, on a bu du vin blanc et évoqué nos rêves d'autrefois. Elle m'a dit : « Si j'avais su que la vie était une telle merde… » Elle voulait que je sache à quel point c'était dur, sans pour autant se plaindre. Miette ne se plaignait jamais. Elle décrivait les situations les plus difficiles de sa vie avec force détails et un véritable lyrisme, comme si ce n'était pas elle qui était en train de les vivre. Et elle avait cette capacité à se moquer d'elle-même qui, pensais-je, la sauverait toujours. Ce soir-là, elle m'a décrit avec un humour féroce les travers de ses patrons qui exploitaient sa misère et son dévouement. On a ri comme des folles. Elle avait toujours ses fossettes et ses merveilleux yeux verts.

Mais en redescendant la rue de la Roquette, j'avais le cœur serré.

*

Un ou deux ans après cette visite, elle m'a téléphoné : « J'ai changé de vie, j'ai tout bazardé, je me suis installée dans le Sud, dans la maison de ma mère. Enfin, je respire ! » Elle m'a fait promettre de descendre la voir. Sa voix était joyeuse, je le lui ai fait remarquer, elle a renchéri : « Ça va très bien, les gosses vont à l'école du village, je ne gagne rien, mais j'ai la belle vie, tu sais ! » Elle en faisait trop, j'avais l'habitude. J'ai demandé si elle cherchait du travail, je ne sais plus ce qu'elle m'a répondu, ce n'était pas le sujet. Ce qu'elle voulait, c'était que j'adhère à son enthousiasme. Comme toujours, comme du temps des *Mille et Une Nuits* et des chevaux. Elle ne voulait pas que notre conversation ternisse son nouveau bonheur, elle l'a conclue d'autorité : « Ici, c'est le BONHEUR en majuscules ! Viens, tu verras ! »

Je ne suis pas venue tout de suite. Seulement quelques années plus tard, pour lui présenter ma fille encore tout bébé. Ses enfants avaient grandi, seule avec eux dans ce hameau, elle avait traversé des hivers pluvieux, dans une petite maison mal chauffée, en plein maquis gardois. Quand je l'ai revue, elle avait quitté cette maison. S'était finalement mariée à un agriculteur aisé, vivait dans une grande ferme, une bâtisse austère orientée au nord, avec ses enfants et les deux de son nouveau mari. Il y avait un cheval, que ce dernier lui avait offert. Elle montait régulièrement, partait seule sur le causse. Était heureuse, là, disait-elle de cette manière appuyée qui interdisait toute question. Il y avait son regard vert, ses pommettes hautes et colorées. J'ai pensé que la vie prenait enfin pour Miette un cours apaisé.

Nous sommes restés déjeuner et puis l'après-midi. La maison était à flanc de colline et le soleil a disparu de bonne heure derrière le dévers, trop tôt pour un après-midi d'été. La vaste cour s'est emplie d'ombre.

Je ne saurais dire pourquoi, il y avait quelque chose de triste dans cette immense demeure. Était-ce l'omniprésence de la pierre, l'épaisseur des murs, l'étroitesse des ouvertures, la hauteur des plafonds ? Ou la sobriété du mobilier, l'intérieur sombre et vaste, la cuisine sommaire ? Quelque chose d'une chaleur familiale manquait, que manifestement Miette n'avait pas su ou pas voulu créer ici. Je suis repartie de ce court séjour avec un sentiment mitigé. Je n'ai jamais revu Miette.

XII

Je suis tenaillée par un profond sentiment d'injustice dont je ne sais s'il tient à ce qui s'est réellement passé pour Miette – la réalité des faits eux-mêmes, le secret qu'elle a obstinément gardé – ou à la trajectoire irréversible que ce secret aura déterminée. Ces faits dont elle n'aura su que faire, qu'elle aura enfouis au plus souterrain de son être et qui auront lentement rongé le puissant principe de vie qui était en elle. Cette gaieté irradiante qu'on lit sur le visage de l'enfant ébouriffée du banc, et dont je me lamentais au temps de notre amitié de ne pas posséder le dixième, l'hilarité heureuse de la petite fille qui fixe hardiment l'objectif.

Entre cette photo et la scène finale, une main de fer se sera abattue qui lui aura fait mordre la poussière et aura maintenu son souffle et son regard à hauteur de terre. Comme toute image, comme celles, successives, qui auront rythmé son parcours de vie, l'ultime tableau la concernant n'a collé pour moi à aucune réalité. C'est ce coup de téléphone, à la fin des années quatre-vingt-dix. « Miette est morte. Elle s'est pendue. »

*

J'ai su après qu'elle n'avait pas vraiment tenu en place dans sa vie de femme mariée et installée. Qu'elle avait quitté la grande ferme austère, après quelques années, avec son aîné, pour s'installer à Montpellier où elle avait repris des études, obtenu une maîtrise d'anglais et un CAPES.

*

J'ai su que celui qui l'a découverte, pendue dans la salle de bains, était son fils alors âgé de dix-sept ans. Sur la porte, il y avait un mot : « N'entre pas. Préviens la police. » Le garçon est entré. Bien sûr, il est entré.

*

Il y a dans la fatalité de cette mort quelque chose d'insupportable. Cet arc de cercle qui s'infléchit brutalement vers l'âge de dix, onze ans et annonce déjà la fin. C'est cet arc, l'insupportable. Quand on le regarde du début, et puis après qu'il s'est enfoncé dans la terre. Comme si on avait toujours su. Et qu'on y avait été joyeusement, tous ensemble, comme Janusz Korczak qui emmenait tous ses enfants à la mort, ce jour ensoleillé de juillet 1943, dans le ghetto martyrisé de Varsovie, après leur avoir fait mettre leurs plus beaux habits, et qui leur enjoignait de chanter sur le chemin de Treblinka. Et ils le faisaient parce qu'ils étaient heureux d'être avec lui et qu'ils ne savaient pas qu'ils allaient mourir.

*

Miette, elle, savait. Elle savait quelque chose.

*

Après, bien après, j'ai appris que l'oncle de Miette l'avait violée régulièrement. L'oncle fabuleux. Pendant des années, pendant toute son enfance en réalité. L'oncle de la belle voiture et des huîtres au petit déjeuner. Entre dix et quinze ans, presque chaque week-end.

*

J'ai su qu'à quinze ans elle avait déjà fait une tentative de suicide. Que l'affaire avait été dûment étouffée. Par tout le monde. Il n'y avait pas d'*affaire*.

*

Encore bien après, j'ai su que l'oncle avait également violé sa propre belle-fille. La fameuse cousine. Que celle-ci s'était également suicidée, à vingt-deux ans. Qu'il avait aussi violé la jeune fille algérienne qui gardait les enfants. Qui s'était aussi suicidée.

*

J'ai su aussi que l'oncle n'avait jamais été vraiment inquiété.

XIII

L'annonce. Cette mort apprise après coup, presque par hasard. « Tu as su ? » Cela avait déjà eu lieu, le jour du téléphone, comme si cette mort même était déjà à demi effacée. Sur l'estran encore humide, il y avait eu une première marée.

J'aurais dû « avoir su », pour Miette, elle était mon amie-sœur. J'aurais dû avoir su en temps voulu, il y avait quelques jours, quelques semaines, sa mère m'aurait appelée, son frère, sa sœur, l'impossible annonce aurait été prise dans l'effondrement de la phrase, « Miette est morte », je serais allée à l'enterrement, dans le petit cimetière du Gard écrasé d'un insolent soleil, crissant de grillons, j'aurais vu le cercueil, embrassé des joues visqueuses. J'aurais été dans l'instantané de sa mort. Là où il fallait, au moment où il le fallait. Quand le fallait-il, puisque ce moment-là, pour Miette comme pour moi, il fallait au contraire, précisément, qu'il n'existe pas ? Il fallait qu'elle disparaisse de ma vue dans les noirs moments et que je disparaisse de la sienne. Notre temporalité requérait les anachronismes. Et ces années plus tard, cet ultime contretemps, cette mort apprise à retardement me semble tout à coup comme un signe que Miette me fait. L'ultime sursaut de nos rendez-vous manqués me semble étrangement cohérent.

Alors ce signe, je le prends, conserve dans la mienne la main qui appartient à ce corps. Lequel, ne pouvant parler, m'annonce pourtant, en un chuchotement, sa propre mort.

XIV

Tant que Miette était vivante, les propos de ceux qui parlaient d'elle, de l'adulte qu'elle était devenue, étaient teintés d'une noirceur diffuse dont personne ne cherchait à imaginer l'origine. Quelque chose comme un destin, un malheur qui l'aurait atteinte – mais quand ? mais pourquoi ? –, comme on parle d'une maladie auto-immune, qui s'entretient et se régénère sans que l'on en comprenne le mécanisme.

Bien des années plus tard, j'ai su que ma mère avait appris cette mort. Pourquoi n'en avons-nous jamais parlé ? Pourquoi l'ai-je apprise par une bouche anonyme, bien plus tard ? Il y a quelque chose de flou dans ce moment et je ne sais si ce flou vient d'elle, de ma mémoire défaillante ou de l'époque. Une époque où ce genre de choses – « Miette a été violée par son oncle, elle vient de faire une tentative de suicide » –, on ne les disait pas, parce qu'il n'existait pas de désignation juridique pour ce qui aujourd'hui s'appelle un crime. Ou parce que *dans nos milieux*, on ne pouvait pas en être, de cette chose-là qui devait rester « du domaine des murmures », comme l'admirable titre de Carole Martinez. Parce que cette chose-là, une forme de sexualité endogame, était clairement assumée par les milieux artistiques de ce temps et qu'était entretenue une confusion entre les registres de la morale, de l'éthique et de la loi, au nom d'une forme d'esthétique de la vie.

*

Pourtant, ce flou et ce silence depuis lors. À cinquante ans de distance, pourquoi résonnent-ils de manière plus saisissante, plus inexplicable, plus *personnelle* que la seule conséquence de l'omerta d'alors ? Quelle spécificité, liée à mon amie, à son destin propre, à sa liberté ? Quand de la liberté, écrivant ces lignes aujourd'hui, il semble que toute la parabole de sa vie ait été retranchée.

*

Alors, bien sûr, l'événement. Dans son atrocité, mais qu'étrangement Miette fit sien. Ce viol scandaleux, qu'elle surmontait, demeurant en surplomb, toujours, au prix du silence. Aujourd'hui encore, je veux la voir en ce surplomb. Parce que la mort, je ne l'ai pas vue. Et que ce silence, nous l'avons partagé ensuite dans nos vies disjointes. Lui rendre sa mort.

C'est son silence que j'interroge, ce silence que je voudrais creuser, parce que nos fous rires et l'attachement fusionnel, parce que la complicité sans faille et la distance abyssale. Parce que toute cette vie entière qui nous sépare et maintenant cette mort. De quel silence est-il question ? De celui d'alors, quand je lisais l'impératif de la joie derrière les larmes, la détresse dont le mot même n'existait pas quand Miette m'abreuvait de ses récits fantastiques ? Du mien, tétanisée par tout cela qui me dépassait absolument – et la sensation diffuse que je devais la protéger et ne le pouvais ? Car elle était maîtresse de tout, de sa vie, du récit de cette vie-là qui, un instant, le temps de l'écoute, m'englobait.

*

Parfois, on essaie de comprendre ce qui s'est passé, avec les êtres qu'on a aimés et qui ont disparu, comme avalés de l'intérieur. Avec M., avec O., avec J. Ce qui est arrivé, à un moment précis, pour que brutalement la falaise s'effondre sous leurs pieds – non, pas brutalement, insensiblement au contraire, mais le « moment T », celui que les vivants ordinaires ne perçoivent pas, ce moment-là a sûrement été aussi violent qu'un mouvement d'écorce terrestre. Que s'est-il passé sous l'écorce terrestre de M., d'O., de J. pour que les vies se séparent du sol ferme jusqu'à l'extrême, celui où la vie n'est plus qu'un écart mortifère et alors c'est une vie qui n'est bonne qu'à mourir ? Quel moment ce T du *Tremblement de Terre*, que les autres, qui les ont entourés et aimés, moi la première, n'ont pas vu ?

*

Être soi, expression consacrée qui m'est étrangère, pourtant injonction qui me taraude depuis l'enfance. Je n'aurai, de moi-même, été capable que de voies de coupe ou d'évitement. Courant derrière Miette qui, elle, me semblait *être elle-même*, au creux le plus profond de son sillon. Et dans la conscience étourdissante alors qu'*être soi-même* comportait une parenté inexplicable avec le drame, j'avais du même coup celle de rester, moi, irrémédiablement clouée à la surface des choses.

Ce drame, dont notre complicité d'enfants était faite, nous l'effleurions parfois, lorsque d'un mot, d'une phrase, Miette me permettait d'approcher le sien, de loin, comme on ouvre une boîte à bijoux auxquels on ne peut toucher qu'avec les yeux. Le mien était sans valeur et il ne me serait pas venu à l'esprit de le revendiquer. Durant ces instants où Miette entrouvrait la boîte contenant les secrets de son drame intime, le silence s'imposait devant ce qui, une seconde, se laissait entrevoir.

De quelle vie, rejointe sur le tard et presque par hasard, en une courbe inverse de la sienne, me serai-je rapprochée pour *être enfin moi-même*, m'éloignant irrémédiablement de ces instants inouïs où nous brûlions au contact de ce que nous pensions être l'essence même de la vie, son noyau tragique ? J'aurai pris des chemins de traverse, Miette aura, elle, été au bûcher des femmes singulières.

*

Le deuil est une pratique de la fin. Comment faire ? Que fait-on de la fin ? L'objet même du deuil est de trouver une modalité pour ne pas en finir. C'est pourquoi il paraît si absurde de le voir comme une phase transitoire, une opération économique avec dépenses et gains dans un jeu à somme nulle à l'issue duquel tout redevient comme avant. Il « a fait son deuil » ou « lorsqu'il aura fait son deuil ». Verbe toujours conjugué au passé ou au futur antérieur. Mais sans doute n'existe-t-il pas de temps pour exprimer l'interminable. Selon l'expression consacrée par la langue et les usages psychologiques, il y aurait des « deuils réussis » et d'autres non advenus. Ratés. Il faudrait, idéalement, en finir avec la mort. « L'élaborer » ou l'enfouir, faute de quoi on sombrerait dans la mélancolie. Il y aurait un *terminé* d'un côté et un *interminable* de l'autre, le dernier assimilé à une pathologie.

Il me semble pourtant que la mélancolie

liée au deuil, en tant que rapport au monde et au réel, est tout sauf une pathologie. Miette avait cette mélancolie larvée, tapie derrière une sorte de joie mystique dont le secret, je le sais aujourd'hui, était d'être accolée à une connaissance intime du deuil. Dès l'enfance, ce trop-plein d'imagination se fichait dans le réel, tels ces papillons exotiques épinglés sur un support de velours. Le réel devenait un tableau précieux dont elle était l'auteure, la créatrice et la maîtresse. Sa mélancolie toujours celée en un repli inaccessible était précisément ce rapport au monde qui me bouleversait. Cette mélancolie profonde, si bien dissimulée, transfigurée sans relâche chez Miette par son exact opposé : la gaieté brutale qui lui faisait pièce et la tenait à distance.

Je respecte infiniment Miette. Ou plutôt, avec Miette, je suis tenue en respect, comme le lapin atteint de myxomatose qu'elle s'apprête à achever pour soulager ses souffrances. Miette en championne de la victoire de la mort sur le Mal.

Elle me tient en respect : « Ne bouge pas ! »

Je n'ai pas bougé.

Miette est morte.

Composition : PCA.
Achevé d'imprimer
par l'Imprimerie Floch
à Mayenne, en janvier 2022.
Dépôt légal : janvier 2022.
Numéro d'imprimeur : 99732.

ISBN 978-2-07-296643-9 / Imprimé en France.

402051